目次

推薦序
不是現形記 ◎ 周德成

❶

　　如果你是混跡職場中人，看後一定共鳴滿滿，或
心有戚戚焉，或心裡嘀咕是不是哪支暗箭射中了我？
或者，講的是你我，還是他？

　　不是指桑罵槐，可能是聲東擊西，講的是仙人掌、
某些人的偽裝、一笑置之、你某封電郵 cc 或 bcc 的言
外之意、加班的神不神鬼不鬼，電梯裡突然停電的……
吻，諸如類零星片段。

❷

　　話說我想起以前有陣子會特別早到辦公室，然後
享受四下無人、江湖暫時也無風雨也無晴悠閒時間。
不知為何，隨即又想起，有陣子選擇準點到辦公室，
嚮往追逐那種精確度，然後……我便想起了這組文章。

　　裡面的文字就有這樣的段落文字：

　　「下班時，她偷偷把仙人掌放進包包裡，打算隨
手丟到樓下的公共垃圾桶裡。」（見〈刺〉）抵達辦
公室時，她被嚇了一大跳，眼前一個一模一樣的「自
己」已經坐在電腦前敲打著鍵盤。（見〈假裝〉）臨
終前，她已知會下地獄（見〈地獄〉），結果她深深

地吸了一口氣（見〈泡泡〉），著光走過長廊……她一打開，是她生前的辦公室。（見〈地獄〉）

「我走了」「好。明年照舊呀」「嗯」（見〈清明I〉）——原來是清明之約。

我要「切除」記憶，但醫生告訴你，手術失敗，像癌症轉移一樣。（見〈切除〉）

所以我說，很久以前，我們住的星球叫地球，到處發生戰爭。（見〈黑洞〉與〈吻〉）

後來，很久以後，我們白天住在辦公室裡，也到處發生戰事——在生活日常的海面上，閃閃發光。

❸
　　這些是職場生存記一篇篇的寫實小品？不是，閃小說？極短篇？

寫來想像力馳騁，甚至有點魔幻，還讓人有點會心一笑，甚至還樂此不彼。切勿對號入座，切莫緣木求魚，但它們和他們絕對可以是可以一點點認真的寓言。我怎麼感覺讀的也是文字版的《澀女郎》呢？

我還記得以前看過一部小說改編的電影，叫《杜拉拉升職記》，好像也有肥皂劇版本。看這本書時，裡面沒有像杜拉拉具體的情節故事，或男主、女主、

某上司、某造謠者和告密者，請自行自己腦補、詮釋和想像。

　　自行代入你自己的故事、你周圍的豬朋狗友，好隊友和豬隊友，還有你自己即可。或者，拿包爆米花，伸伸懶腰，看就是了。

❹

　　那誰是伸懶腰小姐呢？

　　這，現在不重要。

　　所以不要給這些文字標籤，給就要給溫柔的。靜脈插入點滴，然後冬眠，是什麼滋味呢？打完了耳洞，躲進去躺著多好，看她一身柔骨，可以穿越黑洞，讓這本書變成我們和生活結婚時的嫁妝。

序者簡介／周德成，新加坡人。英國劍橋大學亞洲與中東學系博士候選人，曾於臺大修讀漢學翻譯。寫詩、散文、微型小說、影評，也翻譯詩歌和美術相關文字。著有詩集《你和我的故事》、《用整個白天使黑夜安靜》等，部分詩作被改編成歌曲、微電影。

自序
我的小小說加工廠 ◎ 伸懶腰小姐

　　很多年前的某一天，我早上醒來就覺得渾身不自
在，似乎有東西在喉嚨裡卡著。梳洗完畢，我用力一
提氣，一堆堆的方塊字突然從嘴巴和鼻孔傾瀉而出。
這突如其來的產物堆在腳下，蠢蠢欲動。我於是開始
思考如何賦予它們生命。

　　從那天開始，我每天都得處理這些方塊字。一天
一篇文字，一天一篇小小說。就這樣寫了兩個月。有
些日子吐出來的文字多，有些日子吐出來的文字少，
但拼湊起來，皆是奇異與古怪 —— 這大概是我肚子裡
的情況造成的。一肚子的怪主意，自然產出了一篇篇
怪誕的情節。處理方塊字的作業彷如現代版《聊齋》
的人性加工廠，製造了一個接一個「人間裡的鬼」和
「陰間裡的人」。

　　那個時候常在前往辦公室的地鐵上拼湊這些方塊
字，在人群中書寫，有時候會懷疑自己寫的就是「現
實世界」。地鐵上的每一個陌生人，或許都經歷著我
寫的故事。又或者，他們的腦電波輸送了自己生活中
的片段到我身上，連接上我滿腔的「詭言怪語」，瞬
間不謀而合。

　　一直以來，就喜歡塗塗畫畫。過去幾年，畫了自

己喜歡的美食，配上幽默好笑的字句，便也成就了自己 DIY 的創作，印成了本土明信片。後來，開始繪一些古靈精怪的圖案；自然也是這一肚子怪主意造成的。有一天突發奇想，古怪的畫和文字形成詭異的篇幅，感覺很不錯，就生出了手上這本《都市求生記 —— 人生就是最千奇百怪的小故事》。

一如書名，都市求生，等於都是人生。純屬虛構的小小說，卻影射著人生。寫完再重複閱讀是另一種滋味。我們生命中遇見與發生的人和事，無論美醜、正負、樂與苦，都一一成為了經驗。書中荒誕和揶揄的場景，都能讓自己切身處地，甚至偶有一種「生而非人，倍感欣慰」的感觸。其實我不能說自己肚子裡的情況特別稀奇，畢竟這世界上奇怪的事多得很，只是包裝綺麗，教我們看不見真實的面貌。大家讀到的「怪」與「詭」之間看似弔詭重重，卻恰恰表達了人類的慾望和貪婪。也許，活著的人才叫人「生人勿近」；不活著的反而代替了「人的情義」。

人間一切的所有，亦真亦假，剝開一層一層的紗布後大千萬相，各花入各眼。

本書得以出版，歸功於新文潮出版社同仁的不懈努力，你們的才華和承諾確保了我的小小說和畫作能

充分展現其蘊涵，出來的成品讓我十分感動。同時，我也要感謝在創作過程中給予我鼓勵的朋友們，你們的支持就是我創作動力的泉源。

第一章／辦公室歷險記

小人

已五天沒看到羅傑了。

原以為他不在大家就可以安心工作，結果他人不在，小動作更多。通過簡訊向老闆打小報告、在電郵裡扭曲事實、隨便幾段文字就邀功自身。但怎麼就不見人影？更誇張的是，「不上班還知辦公事」，使人震驚。大夥一致認為，羅傑肯定偷藏了竊聽器。

午餐時間，我們決定檢查羅傑的辦公桌 —— 這是必要的自衛行動，絕非卑鄙。辦公桌上他的手機屏幕亮著，我們還未全湊進，就聽到一把細小的聲音。

「喂！你們來這裡幹什麼？」

是羅傑！他變得和一節指頭般大小，還抱著一支鉛筆，那應該是他用來發簡訊的工具。原來他不是沒來上班，而是縮小得不見踪影。

身旁同事突然抓起桌上的空杯子，「扣」的一聲就把羅傑給罩住了。

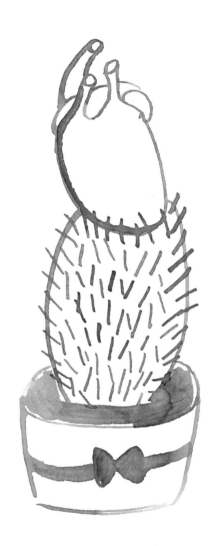

刺

　　她生日那天，整組人送了她一株仙人掌。

　　綠色的莖上還開了一朵紅花，形狀就像一顆心。大夥起哄說帶花的仙人掌會帶來好運，擺在辦公桌上還可辟邪擋煞。雖不喜歡，但她還是半信半疑地擺在座位邊上。

　　當天下午她就開始覺得那株仙人掌不對勁。罵完了兩個新人之後，她就覺得胸口猶如針扎一樣痛。那刺痛感一直到了她稱讚小李以後才消失。怎麼搞的？這是他們下的降頭嗎？

　　下班時，她偷偷將仙人掌放進包包裡，打算隨手丟到樓下的公共垃圾桶裡。離開之前，她卻被幾個下屬叫住了。

　　「老闆，我們送你的禮物你不喜歡嗎？」

　　她看著他們眼裡的訕笑，一時說不出話來。

假裝

　　抵達辦公室時，她被嚇了一大跳，眼前一個一模
一樣的「自己」已經坐在電腦前敲打著鍵盤。

　　「你是誰呀？」

　　「我是你啊。」

　　「欸？」

　　「什麼啦？你可以回去休息了，這裡有我來應付
就可以了。我知道該怎麼做的。畢竟，我就是你每天
假裝的人啊。」

一笑傾城

　　人人都說她笑起來的樣子很好看。唯有她自己知道，若她真心笑時，旁邊的人都會四肢麻痺、肌肉僵硬，動彈不得。

　　這些年來，她都習慣了不失禮貌的虛偽一笑。

耳垢

　　固執的她不認為是自己的問題，一定是別人理解錯誤。一定是他們的思想和態度有偏差。

　　「什麼？這件事我處理得不好？哪裡不好？哦，應該是合作夥伴的問題，那個人呀……」

　　有一天朋友急了起來，抓著她的腦袋用力甩！

　　「為什麼你就是聽不進去？為什麼？」

　　「波」的一聲，她右耳跳出來一顆又大又硬的耳垢。

地獄

臨終前，她已知會下地獄。

「我做了太多對不起別人的事，也是應該的。」

嚥氣以後，她迎著光走過長廊，告訴自己不要害怕，要承受自己犯下的罪孽。

長廊的盡頭是一扇門，她一打開，是她生前的辦公室。

電郵

　　醫生用手電筒照了照她化膿的眼睛，再用棉花棒輕輕地沾了溢出她眼角的膿水。棉花棒上沾了些細小的黑色字母。

　　「近日辦公室裡的暗箭不少吧！你是讀了太多污穢電郵，那些 cc 和 bcc 造成眼睛發炎。沒事，休息幾天不看電郵就可以痊癒。」

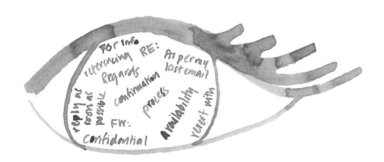

吻

公司裡的男士們都說她的「吻」十分銷魂。

只有她自己知道，這是她甘冒「淫娃蕩婦」的罵名而努力在辦公室裡維持的生態平衡：因為一吻便可吸走慵懶，鞭策勤力；一吻可以吸走辦公室政治，遏制戰爭。

於是，她常躲在廁所、走廊轉角處、桌底下、儲物櫃裡，然後出其不意地給男人一吻。不過有點累。

反之，她的男搭檔工作比她容易多了——那些女人啊，一個眼神就能搞定。

臉皮

　　一到家，她便迫不及待地撕下臉上那層皮——累死了，簡直不能呼吸。

　　但總好過用真面目示人、強顏歡笑，畢竟躲在假臉皮後面，還能殘留一點真。

平步青雲

早上，老闆傳他進辦公室。

「這個位子快是你的了，準備一下。」

他點點頭，爬上椅子拆了一塊天花板，用手把一團團烏青色，像棉花一樣的物體摳出來。那一團東西浮了起來，一朵朵飄到窗邊。

老闆打開窗，右腳踩上了一朵烏青雲，回頭丟下一句：

「切記，越烏煙瘴氣才能更平步青雲，冉冉裊裊更上一層樓……半途摔下，可不是鬧著玩的。」

加班之神

　　前輩臨走前交代，不能讓其他人占用他的位子。

　　「你搬過去吧，這樣我比較放心。」

　　不懂是存了金銀財寶，還是有什麼不可告人的商業秘密？她其實不太想知道。這是她的職場哲學，不看不聽不說，最好化作天花板上的日光燈，發揮著必要但不引人注意的作用。既然前輩如此堅持，那她也不好推搪。於是她放棄了角落的陰暗一隅，搬到前輩這個較為寬敞的位子。

　　第一天加班她就發現了不對勁。稍過傍晚七點，電腦熒光幕突然閃爍，接著一個滿臉鬍渣，看起來十分疲倦的男人出現在熒幕上。

　　「欸，換人啦？我是加班之神，會賜一個願望給加班的員工。今天輪到你，說吧，你要什麼？」

　　她嚇得伸手關上總電源。確定男人消失後，才拿起電話打給前輩。前輩語帶戲謔：「哦，你見到他了？向他要什麼了？若這位子落入了那班豺狼虎豹手裡，不知道能生出什麼事端來！」

心肝

　　他關上複印室的門，從袋子裡掏出手術刀、黑漆、刷子、縫紉工具等，整齊地排列桌上。他在網上研究過「心」與「肝」在人體的分佈位置，今早也在鏡子前用黑色麥克筆圈好了要下刀的地方。

　　好，豁出去了。

　　唯有黑心肝才可以在機構裡生存。他右手拿起刀子往自己胸口刺入，刀鋒劃破皮膚的剎那他猛然想起：「哎唷，忘了地上鋪報紙。萬一上黑漆的時候弄髒了怎麼辦？」

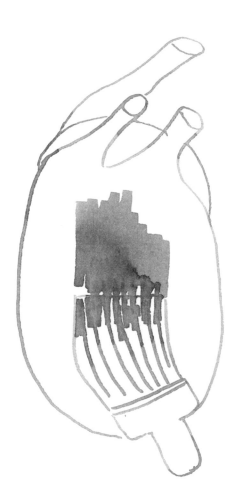

泡泡

辦公室裡的泡泡越冒越多，卟嚕卟嚕的。

同事們的嘴張合之間，呼出來的泡泡濃濁暗黃，像生病時喉嚨裡咳出來的老痰。她開始感到呼吸困難。

沒人看見嗎？若泡泡充斥，大夥必然窒息。

突然，向來沉默的顧問呼出個巨大清澈的泡泡，在日光燈下反射出五彩的光芒。「波」地一聲，那巨大的泡泡破了，連帶彈走了所有污濁的小泡泡。

她深深地吸了一口氣，真是太好了，這顧問還真物超所值。

第二章／奇縁

退還

　　那家公司的職員來過電話。

　　「您向同事索討的『兩個小時』，她答應退還，不過她也申請向您討回上個星期會議時因為您遲到而浪費了的半小時。如果您同意的話，我們就從這兩小時扣除。」

　　「好。」

　　「至於您向前夫索討的『十五年』，經查證，因他的壽命不長，若扣掉了『十五年』的話，他的生命就立即終結。不過他本人是願意的，但有鑑於事態的嚴重性我們還是得向您再三確認。」

　　聞之，鼻頭一酸，不禁潸然。

小蘋果

他拿起晚報指了指封底的一則小新聞。

「哇，眼睛變瞎了，眼球變成一顆小蘋果！好可怕！」 她瞥了一眼，繼續剝蝦。

「警方正在尋找一名廿來歲的華裔女子，眉目清秀，蓄長髮。這女人真的那麼厲害，可以把男人的眼球變成小蘋果？以為是《聊齋》啊！」

她不說話，靜靜地把手上的蝦肉遞到他嘴邊，看見他一面張嘴接過蝦肉，眼睛卻咕嚕咕嚕地轉向隔壁桌那衣著清涼的妙齡少女。

她等他把蝦肉嚥下，再把唇湊上去封住他的嘴，同時右手手掌蓋住了他的雙眼。

「只有我才能做你眼裡的『蘋果』，到底要我說幾次啊！」她嘆氣。

肥皂

他拿出戒指的手不住顫抖。

「嫁給我好嗎？」

兜兜轉轉了那麼多年，終於找到她了。如他母親所說，一個好的伴侶，能讓你成為更好的人。她使他的疲勞與齷齪層層卸下，換來身心愉悅舒暢。

望著戒指，她感動得哭了。他牽起她的左手，把戒指套上無名指。

「咦，是不是太小了？」他稍微用力一推，她手指上就刮出白色的屑屑來。

「這是什麼？」他驚詫地抬頭看她，只見她的淚痕掛著白色的泡泡。

他想起兒時的肥皂廣告。兩尊雕成女人形態的肥皂被水淋過之後，品牌甲的女人逐漸面目凹陷；品牌乙的女人依舊五官立體。

她呢，屬於什麼品牌？

美玲

　　他從小就很肯定，長大以後一定會娶美玲為妻。

　　念小學時，他倆會一起在學校操場尋找形狀美麗的枯葉，甚至比賽誰先跑到操場邊緣的「鬼屋」。升上中學後，美玲莫名地忘了他。他難過了好一段日子，但依舊在遠處默默地守著她。

　　念高中時，他們一同參加了田徑隊。那次練習完畢後，他鼓起勇氣和美玲說話，她雖顯得陌生，但還是友善地回應。他嘗試問她是否還記得兩人兒時的趣事，她也只是無奈地給了個困惑的表情。

　　服兵役期間，他和美玲便失去了聯絡。他們之間的緣份並未就此斷去。往後在大學裡的每一次和她擦身而過，讓他堅信美玲終將成為他的妻子。

　　多年後，在一個商務晚宴上他重遇到了她，但她叫作 Rebecca。他追求她的過程很辛苦，最讓他害怕的是，每當喊她「美玲」時，她會因此發脾氣而不理他。

　　不過，他從未想過事情會是這樣結束的。

　　她捧著他多年來搜集的照片尖聲質問：「這些女生是誰？」

　　「是你呀，你不要生氣。我們從小就認識了，
而且一直都很喜歡你，是我不對，不該私藏你的照
片⋯⋯」

　　「你在說什麼？」她的表情十分驚恐。「照片裡
的人不是我！我小時候也不認識你！照片裡的這些女
生到底是誰？這個、這個、還有這個，都是不一樣的
人！到底是誰？」

　　「美玲你聽我說⋯⋯」

　　「我不是美玲！我叫吳桂芳！」

紅鞋

「這是之前給你買的禮物，希望你不要覺得尷尬。」

「不會啦，我們還是朋友啊。」她笑眯眯地打開禮物的包裝盒。「哇，好漂亮，謝謝你。」她把那雙紅色的高跟鞋套在腳上。「尺碼大小剛好呢。你知道嗎，我小時候是不敢穿紅色鞋子的。」

「為什麼？」

「小時候讀過一則故事，說一個小女孩非常渴望一雙紅色舞鞋。後來有個陌生人送了一雙紅鞋給她，她穿上後就不由自主地一直跳舞，沒辦法停下來。當然，也沒無法把鞋子脫掉，最後只好讓人把她雙腳砍掉。」

「好可怕，難怪你不敢穿紅鞋。」

「小時候的事啦，長大後就明白那不過是故事。咦，怎麼鞋子脫不下來？」

「你是脫不下來的，一輩子跟我走吧。」

清明 I

　　他握著她的手，冰冰涼涼的。

　　「很乾淨呢，謝謝你。」

　　她不喜歡他的客氣，嘟起嘴來。他被她的表情逗樂，他眼角一條魚尾紋也沒有。她嘆氣，看了一眼靈位上的照片，還真是沒什麼改變呢。

　　「我走了。」

　　「好。明年照舊啊。」

　　「嗯。」

清明 II

　　她剛把香燭收好，電話就響了。

　　「喂。」

　　「是我。」

　　「今年搭德士來好了。天氣很熱，從巴士車站走上來很曬的。」

　　「哦。」她把他最愛喝的綠茶放進包包裡。

　　「不要帶太多東西來，去年都讓清潔工人給扔了。意思意思就好。你別待太久，這裡的香灰煙火會讓鼻子敏感的你更難受。」

　　「好。」還要記得買他愛吃的炒米粉。

　　「等下見。」

　　「拜拜。」　掛了電話，她揚起嘴角，眼淚卻差一點因他的關心奪眶而出。

　　他離開兩年了，卻還是深愛著她。

煙火

　　他們來到一片空曠的草原，在星空下互相依偎。她老擔心愛情會餿會過期。對他而言，剎那的激情更可貴。

　　「留住這一刻吧。」她說。

　　他微笑，鼻頭開始冒出星火點點。他倆緊緊相擁，突然像仙女棒一樣迸發出閃亮的火花，最後「砰」地一聲，照亮了整片星空。

電梯

　　今天早上乘搭電梯的時候突然停電了。人們在伸手不見五指的電梯內異常冷靜，也沒人開口說話。

　　「唉，人們的冷漠已經到了這種地步啊。」她心裡嘀咕著。

　　就在不設防的時候，有人握住了她的左手，是隻溫暖粗糙的大手；又有人親吻了她的額頭。剎那間，她心裡一陣平靜、祥和。

　　「誰啊？」她又想不起和什麼人一起共乘電梯，好像也不那麼重要。

　　電梯內的燈很快又亮起來，恢復運作。她在下一層樓走出電梯，手心和額頭的溫存還在。

　　兩個月後的某一天，電梯又故障了。黑暗中，她握住身邊的人的手，並抬頭親吻對方的額頭。

牽腸掛肚

飛機降落的那一瞬間,她的心幾乎要跳出來了。這些年隔著電腦手機屏幕的通訊,壓根兒就無法解決相思之苦。終於,他們要結束異地戀了。

隔著玻璃門看見憔悴的他,微笑站在人群中向她揮手。她提著行李快步離開出口閘門,衝上前緊緊地抱著他。

「你瘦了。」

「是啊!我們回家吧。」

回到家,她整個人便放鬆下來。他的氣味充斥著整間房子。

她躺在床上看著他從浴室走出來,梳髮更衣。接著,他打開衣櫃拿出其中一副衣架,衣架上掛著一串串的腸子和肚,展示作品般晃在她跟前。

「太好了,以後我再也不必牽腸掛肚了。」

馴服

第一年，她燙了捲髮，戴上隱形眼鏡，改了名字叫「欣萍」。

第二年，她墊高了鼻子，只穿裙子，叫自己「Tiffany」。

第三年，她割了雙眼皮，隆胸，練出低沉性感的笑聲，管別人叫她「寶真」。

最後，她終於明白男人的心是沒辦法馴服的，與其不停地變換各式女人，倒不如更新身邊的男人。

標籤

　　她熟睡的臉蛋真可愛。

　　他用手劃上她光滑的臀部，把玩著那片標籤「百分之七十溫柔、百分之三十任性，不可粗暴對待、不可表現懦弱、杜絕愚蠢，務必定期享用燭光晚餐。」

　　「唉，怎麼就遇不上百分百溫柔的呢？」

噁心

　　我必須吃掉「九十九顆」女孩的真心，方能承諾與愛人廝守終生。

　　世界上本就沒有所謂「commitment phobia」（承諾恐懼症）這回事，主要是真心不夠，所以要補。但是現在我的問題來了，吃了「九十八顆」真心以後，我不確定我愛的是第「九十九個」女孩還是原來的那個她。

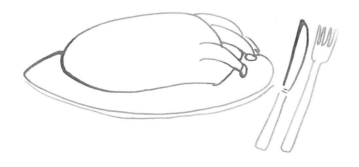

魔術師

　　她只是貪新鮮，沒想到他如此認真，把她嚇壞了。

　　一開始只是鬧著玩。她說雲朵看起來甜甜的，他就伸手抓了一團要她嚐一嘗。她說星星閃爍得很動人，他便摘了兩顆別在她耳垂上。

　　她隨口問：「你的心屬於我嗎？」

　　他就剖開了胸膛拿下血淋淋的心臟遞給她。

枯萎

　　一具死因不明的男屍被推了進來。處理後，法醫一刀將他的胸膛剖開。實習醫生們一看，裡頭窩著一個葡萄乾的心。

　　「哦，又一個失戀的。」

天秤

　　她在金莊買了一兩金，趁他睡著後塞進他口裡。

　　不為什麼，只不過他在她心裡秤得比較重；而她
在他心裡則是輕輕的。

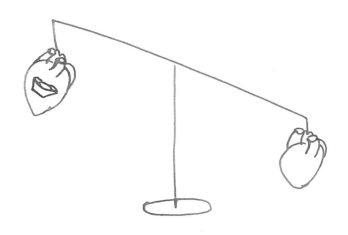

開關

　　整整一年了，女孩依舊對他冷如霜。

　　他決定不再開啟等待的模式。於是，他摸摸心上的開關，按下了按鈕。

　　他就不再愛她了。

甜

　　他親了她的臉頰，嗯，甜甜的。

　　「怎麼你那麼甜啊？」

　　「因為我是蜜糖做的。不然，你都喊我什麼？」
她笑著。

　　他笑著捏了捏她的鼻子，結果手一滑，指尖上多
了一層舔不盡的甜膩。

劇本

　　第十七個男友是一名牙醫。

　　她翻了翻外婆留給她的那本秘笈，找到「醫生」那一章：「先帶午餐到診所找他，暗戀他的女職員會千方百計阻撓你。千萬別和她們計較，只管把午餐放在櫃檯再傳簡訊給他，接著三個星期不主動聯繫他。裝委屈。」

　　好，就那麼做。

　　她想了想，偷偷翻到「老師」那一章，要不要同時進行第十八齣呢？

風箏

　　他向朋友借了一輛車，開到空曠、毫無人煙的地方。從車後箱搬出個大風箏，細心地整理纏繞的線，撫平皺掉的尾巴。

　　他深吸一口氣把風箏往上拋，線球自己瘋狂地來回轉。突然一股強風吹來，風箏逆勢飛上了天空，越飛越高，越來越小。

　　過了一會兒，他不急不緩地拉了一下風箏的線，只見一個女人往遠處沿著風箏的線朝他走下來。

　　「Mary。」 她微笑，輕輕在他臉頰種下一個吻。

地圖

　　老人叮囑我別領這張地圖的時候，我一意孤行。

　　旅程已完成過半，我自認為稍後只需一些指示，就能順利抵達他的心坎。最後我卻迷失在地圖上，僅僅成了他某個領地的紅點之一。

　　有天再經過老人的小攤子，他試圖塞給我另一張地圖。

　　「Uncle，我怕了，不敢再冒險了。」

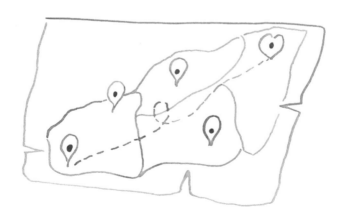

真心

　　一盤跳動的心臟端在她跟前。

　　「這個看起來還行。」她拎了一個起來，轉頭示意師傅。

　　「你看紋路那麼亂，搞不好連他自己都無法確定心意。」

　　她點點頭，小心翼翼地挑了另一個。師傅還是搖搖頭：「很沉吧，心裡不只你一個。」

　　「唉！挑選真心可真難。」她忍不住嘆了口氣。

　　「存心騙你，也算得上一種『真心』啊。」

心碎

「你還在加班嗎？」

「嗯，怎麼了？」

「明天一起吃個飯，如何？」

「情人節前後的日子，我都得加班。這些天送進來待補的「心」都超額，甚至有同事自己也遭殃。目前公司人手不足，累得我幾乎穿不了針線活。」

「可是，我有話要和你說……」

她語氣的變化，頓時讓他額上冒出冷汗。

「哈哈哈，我猜你該也沒什麼特別要說的嘛。待我忙完之後，大家再去喝一杯？記得也約上大肥他們幾個喔。」他故意岔開話題。

她不再回話。

「好了，今天我還要縫補五十個「心」呢！就這樣了，拜。」趁她沉默之際，他打發兩句話便趕緊掛斷了。

隔天，在一籃需要縫補的「心」裡，他看見了她的名字。

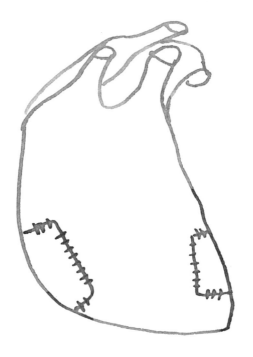

第三章／弔詭日常

窗

　　遷入新居當天，明成特意邀請了兩名歷史發燒友，
讓他們來體驗他家的「二樓窗戶」。

　　「你們看。」

　　明成興奮地掀起了「二樓窗戶」的厚實窗簾，所
有人瞬間猶如置身古時王室宮家的後院，從窗戶俯瞰
下去的景象竟然是「酒池肉林」！

「哇噻！你倆還真好運氣，一來『它』就讓你們看到那麼香艷的畫面。昨天，我也不過是聽了孫中山革命時的一番肺腑言辭罷了。」

「這是怎麼一回事？這不是政府組屋的七樓嗎？怎麼會出現這番景象？」他們有點兒悚然。

「你們有必要如此無措嗎？我可是衝著這『二樓窗戶』才買下這座單位的。實話，真沒人敢買呢。你們知道嗎？前屋主在某天推開窗時，遇上了赤壁之戰。結果被一支箭給射死了。」

他們完全還沒有回過神來，彷彿置身奇幻之中久久不能自己。

「怎麼樣？很棒吧！比看電影還精彩。」

五
九

校霸

「喂，你今晚出席同學會嗎？」

「去吧，十年一次的同學會，不去也說不過去呀。」

其實他真的不想參加同學會。不，不是不想去而是不敢去。

一想到學生時代的事情，他肚子就會絞痛。他再看看身邊的這「兩個人」，自中學以來就賴著他，直到現在還在同一間公司共事。真倒霉。但總不能因為「無法和舊同學共事」而申請調職吧。

下班後，他是被他們又拖又拽地來到了聚會場所。他一進門就聽到如雷的掌聲，隨之心也沉了下去。

「哇！貴賓駕到！」

「嘿！你還真的來了！」

所有在場舊同學的言行舉止，表明了身邊的「兩個人」不再忠誠於他。成長讓他們清醒，他們不再是當年在校園尾隨他四處塗鴉同學的作業、塞垃圾在同學書包裡、隨機抓人到陰暗角落毆打的小跟班了。

當年被他欺負得最慘的「瘦弱公子」，直接舉起一杯盛滿不明液體的酒杯遞給他。

「好久不見，記不記得你當年在我水壺裡吐的痰？」

協調員

　　當他在網絡職業平台瞄到徵聘「這個職位」的時候，信心滿滿的認為自己再不合適過了。

　　「難道從事十年保險業務員的經驗還不夠資格嗎？」

　　他對這個業界十分在行，自然就順利地通過了公司面試。正如他所料，不外乎就是一些責任感啊、使命感啊的公式化問題。

　　但眼前這個男人，他的主管，教的卻是另一套規矩。

　　「其實人生是很隨性的，不必規劃得太多。你的主要工作是要讓投保人的人生充滿變數。」主管打開鐵櫃的門，裡面全是排列有序的玻璃罐，罐子裡頭充滿了色彩繽紛的液體，正受熱沸騰。

　　他簡直不敢相信這番話從一個資深保險業務的嘴裡說出來。

　　「既然是一項『簡單任務』，你就別讓他們生活得太淡定從容就對了。」主管抓起桌上一個粉紅色的小瓶子，再從鐵櫃裡抽出一個玻璃罐。

　　「先讓他們談談『戀愛』，然後讓他們好好的『生

病』。」主管先是將瓶子裡的粉紅細沙倒進了玻璃罐，
液體很快的全被染紅了。這時候，主管再拿起另一個
白色的小瓶子，轉過身望向他。

　　「怎麼樣？這樣的『無常』你辦得到嗎？」

病毒

最近有一種超強的病毒通過電郵傳播，並已經擊垮了幾家大企業的運作。

這個稱為「溫柔良心」的病毒通常附載於標題為「Confidential Report」的電郵中。打開文件的使用者都會中招。

一開始的癥狀是面帶微笑，對同事的態度變得異常和善。病情嚴重一些的，還會積極協助完成他人的工作、受到稱讚時會發狂似的推讓；有更甚者，還把別人犯的錯都攬到自己身上。

由於受到病毒感染的白領階層完全失去了競爭心態，導致企業內部運作嚴重出現問題。管理層下令受病毒感染者在家接受隔離，痊癒後才能回到工作崗位。比較「實惠」的企業則把這批患者直接調往客戶服務部，頓時營業額直線上升。

自「溫柔良心」之後，大家很擔心類似的病毒會如雨後春筍般出現，對於電腦病毒的防範也更謹慎了。終究硬體的抵禦始終敵不過軟體的攻擊，據說「溫柔良心」的開發者正計劃將病毒疏導入各個媒體網絡平台，對整個國家進行洗腦。

角色

「究竟你媽媽能否出席明天的家長會？」老師不耐煩地問我。

「呃，我不知道。」這個問題讓我很為難。

我根本不曉得明天會是誰輪值當我的「媽媽」。昨天上學的時候，爸爸好像告訴老師說「媽媽」會出席。現在我說不知道，難免老師會不高興。

算了，管他的。反正明天我是「姐姐」，要扮美美上班去。

姑姑

　　小時候，我最喜歡姑姑回來。只要姑姑在，大夥兒都開心地張羅吃喝，家人每晚準點齊聚在飯桌上，熱鬧如逢春節。

　　長輩們尤其疼愛姑姑，要知道在那個年頭，能遠赴英國工作的皆是能耐之人。不記得從哪一年開始，大夥兒察覺姑姑有些「不對勁」。每一趟回家，姑姑的穿著和言行舉止，如復刻記憶般循環；更詭異的是，一旦姑姑返回英國後，是怎麼也聯絡不上她的。

　　「姑姑到底怎麼了？」全家人都找不到個所以然。

　　「你們別急，她是『回來』看我的。」終於，祖母道出了緣由。

　　果然，祖母往生後，姑姑再也沒有回來過。

十三時

　　教授房間裡的鐘有十三個數字。他一直很想問個
究竟，今天總算被他逮到機會了。

　　「教授，你這鐘很特別哦。」

　　「是的，我研究了好多年才完成的。我們不是有
閏年的問題嗎？這個閏年很麻煩對不對，我在時間
和空間能夠伸縮的理論上，嘗試把多出來的那天進
行膨脹，成為第十三個小時。那個公式基本上是這樣
的……」

　　教授興奮地解釋，滔滔不絕。他開始有點後悔自
己提了那個問題。就在快要睡著的時候，教授停下來
喝了口水。他瞥了一眼那奇怪的時鐘，十二點五十九
分，他想起一點半還有課。

　　「教授，我待會兒還有課，我先走咯。」

　　「哦好，」教授看了一眼時鐘，「那你要快點
啊，不然時間開始膨脹了以後動作……會……變……
慢……」

　　他發現自己伸向門把的手，動作已經變得異常緩
慢。

　　「噢……十……三……時……了……」

掘寶

吃過午飯，回辦公室的途中，他看見常在附近徘徊的那個流浪漢，在翻攪著交通燈前的垃圾桶。不一會兒，他的臉上露出了開心的笑容，從垃圾桶裡掏出了個包裝完整的魚柳堡。

「運氣不錯呢！」他心想。

下班的時候，他再次看到流浪漢在垃圾桶邊上，這回多了幾個同伴。忽然，其中一人在垃圾桶裡搜出了一罐全新的啤酒。幾個流浪漢見狀，樂得大笑起來。

「哇，這附近的人是怎麼了？那麼浪費。」他心想。

隔天去上班的時候，他發現圍在垃圾桶的流浪漢更多了，而且不時還發出驚嘆和歡呼聲。有的搜到了雪糕，有的挖到了雞飯，而且源源不絕。

「搞什麼？」他憋住呼吸，走進流浪漢群中。看到穿著光鮮的他，流浪漢們都靜了下來。那個為首的說：「你也試試看。」他二話不說地把手伸進垃圾桶裡，翻啊翻，攪啊攪，裡面除了垃圾什麼也沒有。

這時他抬起頭來，看見身旁流浪漢戲謔的眼神。

交換

　　每年的第十三個星期六，這裡都會舉辦一場交換大會。

　　所有來賓各自攜帶要交換的才能、道德與態度，在現場各換所需。最常出現在會場的是責任感、羞恥心以及誠實；但大部分人更想換取精明、世故和圓滑。

　　今天我帶了一副傲骨，來為你換取一帖勇氣。希望你勇敢去闖，不要埋沒了才華。我才剛和一位老人家換到了勇氣，一轉身，你已經用才華和別人換了一身謙虛。

冬眠

　　她累了，鑽進被窩裡，在右手的靜脈裡插入了點
滴，然後睡去。

懦弱

他用一層層的黑紙把自己的懦弱包起來,藏到床底下。晚上睡覺時又越想越怕,擔心床底下的懦弱變成巨大的怪獸把他給吃了。

於是,他從床底下把懦弱取出來,拆開那層層的黑紙,把懦弱吞回去。

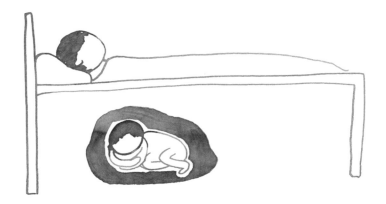

穿透

　　穿了耳洞以後，她發覺自己很容易動情。情歌、
情書、俗不可耐的愛情故事，都能讓她感動落淚。這
可不行，她決定讓耳洞癒合。

　　穿耳洞連帶透心動情，實在太可怕了。

貪新

他拿起 iPad 把玩,心想新科技還真不錯。手指在屏幕上輕輕滑動,勾勾勾,輕輕點選就可以了。這跟用硬筆在紙上勾劃是完全兩回事。

「哇,一個不小心,忘形勾得太多了吧。」

果然,一個小鬼跑到跟前顫抖地報告:「大王,您別再勾了,人間剛剛發生了大海嘯!」

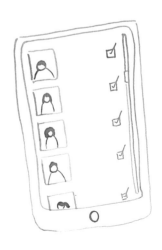

回憶

「過來看看吧。」

「你沒有的回憶，在我這裡都有。父母的疼愛、戀人的絮語、得獎的喜悅等等。」

「什麼？痛苦的？啊，很少人會要這樣的回憶，你的品味還真特別。」

「不擔心，我也有。失去親人？傾家蕩產？要個絕情的愛人？但是這些不易獲得，價格自然比較高。」

「選好了嗎？好的，請你閉上眼睛，我現在就把『它們』傳送到你腦海裡。」

保庇

　　兩年前，我被調到姻緣組的時候，實在把我悶壞
了。每天接收到的個案幾乎千篇一律。

　　「我愛他，他不愛我／他不知道我愛他／我們愛
著彼此但之間還有個她。」

　　什麼鬼屁，悶死人了。這組的工作非常簡單，反
正收集的數據來來去去都一樣，轉交給保佑處的基本
要求也都相同。神侍發放下去的保佑當然也常年不變。

　　直到有天我皮癢，在接收的問題上改了幾個字。
保佑處的神侍看了只皺皺眉頭也沒說什麼，照發了保
佑出去。誰也不知道，現在廟裡那麼多對慕名而來，
手牽手的他和他以及她和她，都是我貪玩改動的字眼
而成全的姻緣。

　　不過，讓人幸福是我的職責，甭管誰愛上誰，都
一樣。

選擇

推進手術室以前，他又召喚了護士。

「不好意思，我又想修改一下⋯⋯」

護士白了他一眼，把那張皺皺的單子在塞進他手裡。

「最後決定了哦。拜託你啦陳先生，既然你不確定什麼記憶要刪除，或要保留什麼記憶，就不要花那麼多冤枉錢來進行這項手術。刪掉後就不能恢復內容了！」

留言

　　「我走了。儘量趕在明天的三點一刻和四點之間的隙縫等你。如果沒能等到你，那就在十年後的轉角處繼續等。我們不見不散。」

機器人

　　好久以後，她才恍然記起他原來是個機器人。細膩的程序把他的脾氣和習性調整得恰到好處，和真人毫無兩樣。這讓她感到十分生氣。

　　「如果那麼像真人，那我還要個機器人幹什麼？」於是，她拿起電話準備投訴客服。

噬己

　　該從哪裡吃起呢？

　　腳趾吧，習慣了口感以後可以慢慢往上吃。到腰間時候可以開始啃手指，然後從沿著肩膀到胸口、肚子、內臟（這個時候要小心，切記還不能把食道和胃咬破了）。

　　面部比較難夠得著，但已經不能回頭了。

　　當剩下嘴、食道和胃的時候，儘量把嘴張大，如黑洞般一口吞，這樣應該就完成了。

柔骨

「就是那一寸。」老醫師用手指比劃了位置。

他盯著那根肋骨,看不出來到底有什麼特別,也不知道老醫師是怎麼斷定就是那一截的。唉,不管怎樣,切了再說。他拿起工具,打開電源開始切割。

肋骨沒有他想像中的那麼硬,很快就切下來了。肋骨被取出的時候,他看見女病人沉睡的臉龐不再柔順,漸漸的僵硬起來。

「就是這根亞當的骨頭作祟啊。」老醫師嘆道。

「所以自古以來多半是女子為情斷腸啊!取出來會好一點嗎?」

老醫師聳聳肩看著他。

「不知道啊,當初獻骨的時候,亞當也該是滿懷情意的吧。」

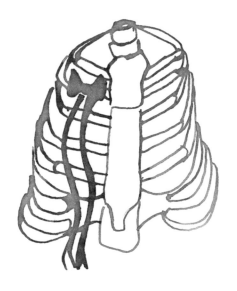

冷血

今天的冷凍程序只能安排兩個病人，李護士長選了幾個比較緊急的，過來和醫生商量。

「這個下星期要參加競選，需要先安排冷凍。」

「政客啊，以前沒做過程序嗎？」

「沒有，這次是黨要他做的。」

「哦，那就讓他先做吧。」

「如果先讓他做，另一個血型也得是 AB 型。吶，就剩下這個女的了。」李護士長皺了皺眉。

「這女的什麼事要做冷凍程序啊？」醫生問。

「失戀。」

聽後，醫生「嘖」了一聲。

「完全不緊急啊，被男人再多騙幾次血自然涼，不必那麼麻煩嘛！」

切除

　　我醒來睜開的第一眼是醫生嚴肅的面孔。

　　「奇怪，我怎麼還記得我自己……」哦，手術失敗了。淚水不爭氣的從眼角湧出來。

　　「對不起，我們無法切除您的『記憶』。它們擴散的面積範圍太廣，從視覺、嗅覺到觸覺的回憶，幾乎貫穿了整個身體。」醫生看著我。

　　怎麼辦，「記憶」無法去掉，我如何遺忘？

黑洞

　　地球人為黑洞的逼近做好了準備。

　　世界末日，任何準備皆是徒勞。相愛的人互相擁抱親吻、家人圍坐著緊握彼此的手。

　　漸漸的，一片昏暗籠罩著宇宙。

　　「嗖」的一聲，人們的眼睛倏地空洞了。

　　黑洞終於離去，世界恢復了光明，人們卻目無表情地繼續存活。

　　把愛吸走的黑洞，成全了「末日」。

巫婆

她把掃帚放到門後，脫下帽子和披風，就累趴在沙發上。

今天和往常一樣，騎掃帚飛進小男生的夢裡嚇唬他，讓他以後不敢欺負女生。完成任務後，她便到處轉轉，去看看那些丟了心，受了傷的姐妹，她會掏出自己的「蘋果」給她們。

她的「蘋果」會讓你忘卻苦痛，帶著笑入睡。她掏出的「蘋果」是她溫柔的心，來淨化你的哀傷。

畢竟，她也曾是等待王子的公主。

表格

　　填表格的時候她咬著指甲，突然回過神來把手指從嘴裡抽出。

　　「嗯，表格裡沒有『咬指甲』這一欄吧。」

　　往下看，她迅速地在「細心」、「多情」這兩個格子裡打勾。對照了一下當年母親為她填的表格，這兩項確有母親清秀的筆跡。後來她想了想，隨即把「多情」的勾勾擦掉。鉛筆在「忠誠」那一欄猶豫了良久，還是沒勾下。

　　她心想：「女兒啊，你長大後要比媽媽更堅強勇敢哦」。

　　然後把心一橫，在「狠心」旁打了一個大勾。

實現

　　過了三十五歲生日，但凡他口吐預言，結果一定是相反的應驗。

　　「罷了，我一輩子都是個小職員。」到了月底，他即升為部門經理。

　　「我這個打工仔永遠都買不起這樣的車。」三天後，他抽獎贏得了同款轎車。

　　「我已經接受了孤獨終老的事實。」當天，他便遇上了她。

　　「我們會結婚嗎？」她問。

　　他卻猶豫了。

聰明

　　林太太拉著五歲的兒子來到著名的健腦中心。

　　「我要一款能讓我兒子變聰明的配套。」

　　「你要的是增強腦力百分之五十的配套 A ？還是增倍全腦力的超值配套？」店員冷冷地問。

　　「哪一種比較聰明？」

　　「如果你兒子本來就聰明，那麼配套 A 就足夠了。」

　　「那我選那個超值配套。」

　　「好的，請太太您先簽同意書。增強腦力對百分之七十的人會產生副作用，他們也不會因此變得更快樂與倍感幸福。若這樣您還願意讓您兒子接受健腦治療的話，就簽個字吧。」

紅線

　　金童和玉女吵架了。金童只好到月老那裡借宿一晚。

　　「今晚你只能睡沙發。」月老說。「來選條被子吧。」月老打開了櫥櫃的門，裡頭堆滿了疊好的紅色被子。

　　「哇！月老，為什麼你有那麼多條紅色被子？」金童驚嘆道。

　　「我環保。這些被子都是一條條錯過的緣分織成的。」

- 完 -

新加坡國家圖書館出版品預行編目（CIP）資料

National Library Board, Singapore Cataloguing in Publication Data
Name(s): 伸懶腰小姐.
Title: 都市求生記 : 人生就是最千奇百怪的小故事 / 作者 伸懶腰小姐.
Other Title(s): 人生就是最千奇百怪的小故事 | 都会人生 ; 001.
Description: Singapore : 新文潮出版社 , 2023. | 繁体字本 .
Identifier(s): ISBN 978-981-18-7017-0 (Paperback)
Subject(s): LCSH: Black humor. | Wit and humor. | Short stories, Singaporean
(Chinese). | Chinese fiction--21st century.
Classification: DDC S895.13--dc23

都會人生 001

都市求生記：人生就是最千奇百怪的小故事

作　　　者	伸懶腰小姐	
總　　　編	汪來昇	
責 任 編 輯	歐筱佩	
美 術 編 輯	陳文慧	
繪　　　圖	伸懶腰小姐	
校　　　對	伸懶腰小姐　歐筱佩　李堡麒	
出　　　版	新文潮出版社私人有限公司	
	TrendLit Publishing Private Limited (Singapore)	
電　　　郵	contact@trendlitpublishing.com	
法 律 顧 問	鍾庭輝法律事務所 Chung Ting Fai & Co.	

中港台發行　秀威資訊科技股份有限公司

新 馬 發 行　新文潮出版社私人有限公司
地　　　址　37 Tannery Lane, #06-09, Tannery House,
　　　　　　Singapore 347790
電　　　話　(+65) 6980-5638
網 路 書 店　https://www.seabreezebooks.com.sg

出 版 日 期　2023 年 11 月
定　　　價　SGD 28 ／ NTD 350

建 議 分 類　生活小品、散文、新加坡文學

Copyright © 2023 Ong Hui Chee（王惠琪）
All Rights Reserved. Printed in Taiwan.